Mi gran familia

Lada Josefa Kratky

NATIONAL GEOGRAPHIC LEARNING | CENGAGE Learning

Mi bisabuela y mi tatarabuelo

Rosaflor era la madre de mi abuela. Vivía con su familia en una granja. Su padre la llevaba a la escuela en carreta. Allí escribía usando un tintero y una pluma.

Mi bisabuela Rosaflor
trabajando en la granja

En la granja no había electricidad. Trabajaban a la luz del sol. Sacaban agua de un pozo. De noche, la familia se sentaba a platicar a la luz de la luna.

La boda de mis bisabuelos Rosaflor y Blas

Rosaflor se casó. Su esposo se llamaba Blas. Su hijo, Gabrino, asistía a la escuela en el centro del pueblo. Vivían frente a la placita. Gabrino jugaba en la plaza.

Abuelo
Gabrino
en triciclo

Abuelo Gabrino
con mi bisabuelo

Primero anduvo en triciclo allí. Después pudo aprender a andar en bicicleta. Los fines de semana ayudaba a su padre a arreglar el carro.

Abuela Florinda y abuelo Gabrino con mi mamá

Gabrino se casó con Florinda. El nombre de su hija es Clara. Su familia se mudó del pueblo a San José. San José es una ciudad grande.

Mami y mis abuelos
en la playa

Clara, mi mamá, de niña

Cuando era niña, Clara iba a la escuela en bus. Florinda, su madre, trabajaba en una librería. Su padre era mecánico. Los fines de semana, la familia iba a la playa.

Abuelo Gabrino, abuela Florinda, mami, papi y yo

Clara se casó con Cristóbal. Su hijo soy yo, Pablo. Clara es mi madre. Cristóbal es mi padre. Mi abuelo es Gabrino y mi abuela es Florinda.

En la escuela con mis amigos Paco y Julián

Papi, el bombero

Vivimos en San José, cerca de la casa de mis abuelos. Mi padre es bombero. Mi madre es maestra. Yo voy a la escuela donde ella trabaja. ¡No quiero estar en su clase!

Abuela Florinda y yo

Después de clases, paso a ver a mi abuela. Ella es muy amable. Me espera en la cocina con algo sabroso. Me gustan mucho los plátanos fritos que prepara. ¡Son tan ricos!

Mami, papi y yo en el jardín

Los fines de semana trabajamos en el jardín. No sacamos agua de un pozo como hacía Rosaflor, la madre de mi abuela. Usamos una manguera para regar las fresas y los frijoles.

Mi fiesta de cumpleaños

El otro día fue mi cumpleaños. Lo celebramos con globos, una piñata y cosas sabrosas. ¡Me regalaron una bicicleta! Lo mejor de todo fue pasar el día con toda mi familia.